AF108342

J'AI RIEN COMPRIS !

Pascal NOWACKI

J'AI
RIEN
COMPRIS !

THÉÂTRE

Toute représentation de la pièce de théâtre,
faisant l'objet de la présente édition,
est soumise à la réglementation sur les droits d'auteur.

En conséquence, vous devez obligatoirement,
avant toute exploitation de ce texte,
obtenir l'accord de l'auteur ou de la SACD, qui gère ses droits.

© 2020, Pascal Nowacki

Édition : BoD – Books on Demand
12/14 rond-point des Champs-Élysées, 75008 Paris
Impression : BoD – Books on Demand, Norderstedt, Allemagne

ISBN : 9 782 322 234 769
Dépôt Légal : Juin 2020

Retrouver toute l'actualité de l'auteur sur
http://www.pascalnowacki.fr

Caractéristiques

Genre : Comédie.

Distribution : 11 personnages => 5 femmes et 3 ou 4 hommes *(Les rôles de Stéphane et Lagalette pouvant être joué par le même comédien)*

Décor : Contemporain.

Costumes : Contemporains.

Scène 1

La scène, plongée dans le noir, est vide. Un halo de lumière apparaît dans lequel on distingue un homme. Il peut également apparaître devant le rideau fermé de la scène. Il fixe le public un instant puis :

Baptiste : Moi, cette histoire, j'ai rien compris.
C'est vrai que je comprends pas grand-chose.
Les autres, au village, ils disent que je suis gentil.
Et après ils me font des grands sourires.
Moi, j'aime quand on me fait des sourires.
Mais c'est juste que parfois, je comprends pas tout bien comme il faudrait.
Mais quand même, vous avouerez, c'est compliqué :
Ma mère, c'est ma mère hein, eh ben, elle veut pas que je l'appelle maman.
Et puis, je suis pas le frère de mes sœurs non plus et ça, ça m'embête aussi.
Et puis, quand les autres sœurs sont arrivées, pas les miennes hein, les miennes de sœurs, elles étaient pas parties, donc forcément, elles étaient déjà là, non je parle de celles qui n'étaient pas là avant et qui sont arrivées après, c'est là que l'histoire a commencé à s'embrouiller dans ma tête.
Et je ne vous parle même pas des poulets sans plumes dans la bergerie.
Parce que normalement les poulets, c'est dans le poulailler, pas dans la bergerie, si ?
J'ai… j'ai… j'ai essayé de comprendre…je vous le jure, de toutes mes forces.
Mais… J'ai rien compris.
Voilà, c'est pour ça que je vous explique.
Pour que vous, vous compreniez, que ça soit bien clair dans votre tête.

NOIR

Scène 02

La Mère Monique est seule en scène. Derrière elle, un coffre ouvert. Sur la table un sac de sport. Tout en parlant, elle va remplir le sac de liasses de billets qu'elle prendra dans le coffre.

Mère Monique : Bon tant pis, je ne vois pas d'autre solution. Je prends sur la recette et Josie me remboursera après ! J'en ai marre ! C'est bien ma veine, ça ! Deux semaines d'avance ! Je le savais. Je l'avais dit à Josie ! Faut toujours se méfier des Américains ! Deux semaines ! Pourquoi j'ai accepté, moi aussi ? Je suis trop conne ! *(On entend une sonnette)* Allons, bon, qu'est-ce que c'est que ça encore ? *(Elle se saisit du sac et le range dans le coffre qu'elle referme)* Baptiste ! Baptiste ! Qu'est-ce qu'il fout celui-là aussi ? Baptiste !

Baptiste arrive, essoufflé.

Baptiste : Oui maman ?

Mère Monique : Ma Mère.

Baptiste : Hein ? Ah oui, ma mère !

Mère Monique : Ça a sonné.

Baptiste : Oui, je sais, j'ai entendu.

Mère Monique : Et alors ?

Baptiste : Ben, j'allais ouvrir mais comme tu m'as appelé, j'ai fait demi-tour et je suis venu en courant. Le plus vite que j'ai pu. Qu'est-ce que tu veux ?

Mère Monique : Va ouvrir.

Baptiste : Oui maman !

Il sort.

Mère Monique *(levant les yeux au ciel)* : Je ne sais pas ce que je t'ai fait mais là franchement, tu crois pas que tu exagères ? Tu me pourris vraiment la vie, tu sais ?

Entrée de Kimberley.

Mère Monique : Ah vous voilà vous !

Kimberley : Bonjour madame.

Mère Monique : Ouais, c'est ça. Bien dormi ?

Kimberley : Yes ! Thank you very much pour tout ce que vous faire…

Mère Monique : Non, c'est bon, on n'a pas le temps ! C'est bien beau d'arriver comme ça en pleine nuit, sans prévenir. C'est plus discret mais ça laisse beaucoup moins de temps pour organiser quoi que ce soit. Alors tenez *(elle lui désigne un set complet pour nettoyer le sol)*. Officiellement, vous êtes la nouvelle femme de ménage. Compris ?

Kimberley : Yes madame.

Mère Monique se retourne et dissimule la porte du coffre à l'aide d'une tapisserie pieuse tandis que Kimberley commence à nettoyer le sol.

Mère Monique : Qu'est-ce que vous faites ?

Kimberley : Moi nettoyer sol.

Mère Monique : Plus tard Kimberley, plus tard. Ça vient de sonner. Si Baptiste ne s'est pas perdu dans les couloirs, je ne devrais pas tarder à avoir de la visite.

Kimberley : Oh my God ! Is it la police ?

Mère Monique : Non, ne vous inquiétez pas Kimberley. La police ne vient jamais ici. Je ne vois pas ce qu'elle viendrait faire. Et même si c'était la police, je ne dirais rien.

Kimberley : Je vouloir dire vous merci pour ce que vous faire pour moi.

Mère Monique : Kimberley ?

Kimberley : Yes madame.

Mère Monique : Non pas madame, ma Mère !

Kimberley : Mère ?

Mère Monique : Oui, comme heu… mother.

Kimberley : Oh, thank you. It's very nice of you. I promise you to do…

Mère Monique : Oui, si vous voulez. Vous pouvez dire ce que vous voulez, de toute façon, je ne comprends rien.

Kimberley : Oh sorry, je vouloir dire vous…

Mère Monique : Non c'est pas grave. Où j'en étais ? Ah oui ! Kimberley, nous sommes bien d'accord ? C'est un secret entre nous.

Kimberley : Yes mother.

Mère Monique : Personne ne doit être au courant.

Kimberley : No mother.

Mère Monique : Vous êtes ici pour faire le ménage, c'est bien compris ?

Kimberley : Yes mother.

Mère Monique : D'ailleurs, à ce propos, allez vous occuper des cellules.

Kimberley : What is cellules ?

Mère Monique : Les chambres de nos sœurs.

Kimberley : Yes, mother.

Sœur Simone et Sœur Myrtille entrent.

Sœur Myrtille : Bonjour ma Mère.

Sœur Simone : Bonjour ma Mère.

Mère Monique : Bonjour mes Sœurs. Vous tombez bien, je vous présente Kimberley, une jeune femme au pair que j'ai embauchée comme femme de ménage. Kimberley, je vous présente Sœur Simone.

Sœur Simone : Bonjour.

Kimberley : Hello.

Mère Monique : Et Sœur Myrtille.

Sœur Myrtille : Bonjour.

Kimberley : Hello.

Sœur Myrtille : Vous, vous n'êtes pas française, je me trompe ?

Kimberley : No, I'm not française !

Sœur Simone : On s'en serait douté !

Kimberley : Je fouis mon pays ! Big dictator !

Mère Monique : Oh non…

Sœur Simone : Une dictature ?

Kimberley : Yes ! Very horribôle !

Sœur Myrtille : Oh la pauvre !

Mère Monique : Heu… Kimberley ? Vous parlez de trop. Et en plus vous parlez mal, très mal. On ne comprend rien. Alors autant vous taire parce que sinon je sens que vous allez dire une bêtise.

Sœur Myrtille : Attendez, c'est pas marrant, la pauvre ça a dû être difficile, non ?

Kimberley : Yes ! No rights ! Heu… Epouration ethnique ! Terribôle ! I am like a réfougiée politique in France !

Sœur Simone : Mais elle vient d'où ?

Mère Monique : Je ne sais pas, je ne lui ai pas demandé.

Sœur Simone : Vous n'êtes pas curieuse ?

Mère Monique : Non. Et vous devriez en faire autant.

Kimberley : Je souis Américane !

Sœur Simone : Américaine ?

Kimberley : Yes, Américane.

Mère Monique : Voilà, vous avez dit une bêtise !

Kimberley : No. I'm really Américane.

Sœur Myrtille : Je ne comprends pas. Vous avez fui les États-Unis ?

Sœur Simone : Elle se fout de notre gueule, là, non ?

Mère Monique : Je vous avais dit de ne pas être curieuse…

Kimberley : No, moi dire vrai. Trump, pas beau !

Sœur Myrtille : Trump pas beau ?

Kimberley : No !

Sœur Myrtille : Vous vous êtes barrée parce que vous trouvez que Trump n'est pas beau ?

Kimberley : Yes. Pas beau président.

Mère Monique *(comprenant la méprise)* : À mon avis elle veut dire « pas bon ». Trump pas bon !

Kimberley : Yes.

Sœur Simone : Ah ben ça je suis d'accord, c'est une caricature du politique à la solde du patronat, ce type !

Sœur Myrtille : Ah !

Sœur Simone : Eh oui, comme ça je comprends mieux.

Sœur Myrtille : Tout s'explique.

Mère Monique : Ceci dit moi je trouve qu'il n'est ni beau ni bon !

Sœur Myrtille : Et comment vous avez atterri là ?

Kimberley : No, pas atterrir là ! Moi atterrir Charles de Gaulle Airport !

Sœur Simone : Ah ouais d'accord ! Elle comprend rien l'amerloque. Ce que Sœur Myrtille demande, c'est comment vous avez fait pour devenir femme de ménage ici ?

Kimberley : Ah ! Sorry ! Je souis venou ici like heu... vacances. Et Trump est devenou le président. So, j'ai décidé que je rentre pas en Amérique. Pas beau, sorry, pas bon rentrer. Je souis rester here. But mes papiers sont plou valables ! Pas de travail, nothing ! Je faire ce que je trouve.

Sœur Simone : Comment ça sans papiers ?

Sœur Myrtille : La pauvre !

Mère Monique : Bon allez, ça suffit maintenant ! Vous, allez nettoyer les cellules comme je vous l'ai demandé.

Sœur Simone *(à Mère Monique)* : Donc, si je comprends bien, vous profitez qu'elle soit sans papiers pour l'exploiter, malgré son état ?

Mère Monique : De quoi je me mêle ?

Sœur Simone : C'est pas joli-joli !

Mère Monique *(à Kimberley)* : Du balai, j'ai dit !

Kimberley : Yes madame. Heu… sorry, yes mother !

Kimberley sort.

Mère Monique : Quant à vous, qu'est-ce que vous faites là, il n'y a plus de boulot dans la bergerie ou dans la fromagerie ?

Sœur Myrtille : Ben si, justement.

Mère Monique : Quoi justement ?

Sœur Myrtille : Vas-y toi !

Sœur Simone : Pourquoi moi ?

Sœur Myrtille : Parce que c'est toi qu'a eu l'idée.

Mère Monique : Dites, si on pouvait faire fissa-fissa, hein, parce que j'ai pas que ça à faire moi !

Sœur Simone : Bon. Eh bien voilà, vous savez que les commandes de fromage que nous produisons sont de plus en plus importantes et…

Mère Monique : Oui c'est une vraie bénédiction pour notre couvent.

Sœur Myrtille : Une bénédiction, je ne sais pas mais c'est surtout beaucoup de travail.

Sœur Simone : Justement, c'est à propos du travail que…

Mère Monique : Vous savez bien, Sœur Myrtille, que l'on n'a rien sans rien et que le travail c'est la santé.

Sœur Simone : Ça dépend à quelle dose. C'est pourquoi…

Mère Monique : Dieu veille sur nous.

Sœur Myrtille : Oh moi vous savez, si Dieu pouvait m'oublier un peu, je ne serais pas contre…

Mère Monique : Je vais faire comme si je n'avais rien entendu. Autre chose ?

Sœur Simone : Ben oui…

Mère Monique : Ben alors restez pas à tortiller du fion comme ça pendant des heures. Crachez-la, votre hostie, qu'on en finisse !

Sœur Simone : Avec les camarades, on a décidé de faire une grève.

Mère Monique : Une quoi ?

Sœur Simone : Une grève.

Mère Monique : Comment ça une grève ?

Sœur Simone : Les cadences sont devenues infernales On n'a même plus le temps de prier.

Sœur Myrtille : Moi, ça ne me manque pas.

Sœur Simone : Vous êtes de quel côté vous ?

Sœur Myrtille : Du vôtre, Sœur Simone, du vôtre.

Mère Monique : Sœur Simone, Sœur Myrtille, je vous rappelle, et vous ferez passer le message à vos « camarades », que vous êtes dans les ordres. Les religieuses ne font pas grève.

Sœur Simone : Il y a un début à tout.

Mère Monique : On aura tout vu !

Sœur Simone : On n'a qu'à dire que c'est un miracle !

Mère Monique : Et il faut que je supporte vos sarcasmes en plus ?

Sœur Simone : Ma mère, sauf tout le respect que je vous dois, je vous rappelle que nous nous sommes engagées dans les ordres pour servir Dieu…

Sœur Myrtille : Parlez pour vous…

Sœur Simone : Pas pour faire de l'élevage intensif et du fromage de brebis au fin fond du Larzac.

Mère Monique : Il faut bien que notre congrégation vive !

Baptiste *(off)* : Maman ! Maman !

Baptiste apparaît.

Mère Monique : Il manquait plus que lui !

Baptiste : Maman ! Mam… ! Oh, pardon sisters ! Chuis désolé !

Mère Monique : Baptiste, c'est pas le moment !

Baptiste : Mais maman…

La Mère Monique : Et je t'ai dit mille fois d'arrêter de m'appeler maman !

Sœur Simone : Bon, c'est l'heure de la pause.

La Mère Monique : La pause, quelle pause ?

Sœur Simone : La pause syndicale.

Mère Monique : De quoi vous parlez encore ?

Baptiste : Maman !

Mère Monique : Oui, c'est bon je ne suis pas sourde ! Qu'est-ce que tu veux ?

Baptiste : C'est Stéphane, le fermier.

Mère Monique : Qu'est-ce qu'il veut encore, celui-là ?

Sœur Simone : Je sais pas, j'ai rien compris.

Baptiste : Je sais pas, j'ai rien compris.

Sœur Simone : Qu'est-ce que je disais ?

Baptiste : Je sais pas, j'ai rien compris.

Mère Monique : Oui, ben c'est bon, j'ai compris.

Baptiste : Ah ben vous avez de la chance parce que moi…

Mère Monique : Bon qu'est-ce qu'il voulait ?

Baptiste : Qui ça ?

Mère Monique : Stéphane, le fermier !

Baptiste : Ben je sais pas, j'ai rien compris.

Sœur Simone et Sœur Myrtille rient.

Mère Monique : Ça suffit ! Ça suffit ! Je vous demande de vous arrêter ! Vous n'avez pas honte ? Qu'est-ce que ça veut dire ? Allez plutôt faire un tour dans la bergerie, ça va vous calmer. Et moi aussi.

Sœur Simone : Je vous rappelle que nous sommes en grève.

Mère Monique : Eh bien allez faire grève dans la bergerie ! Et faites pas chier !

Sœur Myrtille : Bien ma Mère. Vaut mieux y aller, là !

Mère Monique : Bon Baptiste, à nous. Qu'est-ce qu'il… Où est-il passé ? Baptiste !

Baptiste : Oui maman ?

Mère Monique : Où vas-tu ?

Baptiste : Ben je vais faire grève dans la bergerie, avec mes sœurs.

Mère Monique : Tu n'as pas l'impression que tu oublies quelque chose ?

Baptiste : Nan.

Mère Monique : Tu es sûr ?

Baptiste : Nan.

Mère Monique : Baptiste !

Baptiste : Heu… s'il vous plaît ?

Mère Monique : Quoi, s'il vous plaît ? Pourquoi tu me dis s'il vous plaît ?

Baptiste : Je sais pas.

Mère Monique : Comment ça tu ne sais pas ?

Baptiste : D'habitude, vous me grondez parce que j'oublie de dire s'il vous plaît…

Mère Monique : On parlait du fermier, Baptiste, le fermier !

Baptiste : Oh c'est marrant ça ! Il y a un fermier qui s'appelle comme moi, je le connais pas !

Mère Monique *(très énervée)* : Stéphane ! Je parle de Stéphane ! Qu'est-ce qu'il me veut, Stéphane ?

Baptiste : Ah oui, Stéphane ! Pardon, j'avais pas compris. Stéphane…

Mère Monique : Oui.

Baptiste : Il voulait vous parler. Alors je lui ai dit que vous étiez en pleine réunion et qu'il ne fallait pas vous déranger. Que sinon, j'aurais affaire à vous. Et moi, ça, je veux pas. Parce que j'aime pas quand vous me grondez. Mais du coup ça sert à rien parce que vous m'avez grondé quand même.

Mère Monique : Oui, oui, bon, c'est bien. Et après, qu'est-ce qu'il a dit ?

Baptiste : Qu'il voulait vous voir pour vous livrer un colis, qu'il a dit en rigolant. Moi j'aime bien Stéphane, parce qu'il est rigolo.

Mère Monique : Il n'est pas rigolo, il fume de la drogue.

Baptiste : Oui mais c'est rigolo.

Mère Monique : Non ce n'est pas rigolo de fumer de la drogue. Combien de fois devrais-je te le dire ? On ne fume pas ! Compris ?

Baptiste : Compris maman ! De toute façon, Simone m'a dit…

Mère Monique : Sœur Simone !

Baptiste : Ouais, m'man si tu veux, ma sœur Simone m'a dit que moi, j'avais pas besoin de fumer. Que j'étais rigolo naturellement !

Il rit.

Mère Monique : Et ça te fait rire ?

Baptiste : Je suis content !

Mère Monique : Bon, et pour en revenir à Stéphane, qu'est-ce que c'est que cette histoire de colis ? Il a un colis pour moi ?

Baptiste : C'est ce qu'il a dit, oui.

Mère Monique : Quel colis ?

Baptiste : Je sais pas. J'ai rien compris.

Mère Monique : On ne lui a rien commandé. C'est bizarre. Bon allons voir ce qu'il nous veut. Toi, tu peux aller rejoindre les Sœurs à la bergerie.

Baptiste : Oui maman.

Mère Monique : Baptiste !

Baptiste : Oui maman ?

Mère Monique : Ma Mère ! Appelle-moi, ma Mère.

Baptiste : Je ne peux pas. J'ai pas son numéro.

Mère Monique : Quoi ?

Baptiste : Nan, je rigole. Je ne suis pas complètement débile ! *(Il rit)* Et j'ai pas fumé ! C'est naturel ! *(Il rit)*.

Mère Monique : Mon Dieu !

Baptiste : Au fait, maman ?

Mère Monique : Quoi ?

Baptiste : C'est quoi une grève ?

NOIR

Scène 03

Entrée de Stéphane.

Mère Monique : Ah Stéphane !

Stéphane : Bonjour ma Mère.

Mère Monique : Ouais. Bonjour. *(Avisant les trois femmes qui accompagnent le fermier et qui viennent d'entrer à sa suite)* Bonjour mesdames.

Perrine : Bonjour.

Sabine : Bonjour.

Géraldine : Bonjour.

Mère Monique : Il paraît que vous avez un colis pour moi.

Stéphane : Ouais… comme qui dirait.

Mère Monique : Pourtant, je ne vous ai rien commandé.

Stéphane : Nan.

Mère Monique : Bon, ben il est où votre colis. C'est quoi ?

Stéphane *(d'un geste, montrant les trois femmes)* : Ça !

Mère Monique : Comment ça, ça ?

Sabine : Oui comment ça, ça ?

Perrine : Nous sommes le colis.

Stéphane : C'est le colis !

Mère Monique : Quoi ?

Perrine : Je me présente, Sœur Perrine.

Sabine : Sœur Sabine.

Géraldine : Sœur Géraldine.

Mère Monique : Sœurs ?

Stéphane : Bon, ben j'va vous laisser en famille.

Mère Monique : Attendez, attendez. Qu'est-ce que vous voulez que j'en fasse ?

Stéphane : J'sais pas ! Mais vous en aurez certainement plus l'utilité que moi.

Mère Monique : Il manquait plus que ça !

Perrine : Ah ben merci pour l'accueil.

Géraldine : C'est vrai que je m'attendais à un peu plus de chaleur, venant d'une religieuse…

Sabine : Je vous l'avais dit que c'était une idée à la con.

Mère Monique : Pardonnez-moi, mais vous êtes qui et qu'est-ce que vous foutez là ?

Sabine : Oh là ! Alors d'abord, la petite dame, elle va se calmer et nous parler autrement.

Perrine : Ma Mère.

Sabine : Hein ?

Perrine : C'est ma Mère, pas la petite dame.

Géraldine : C'est ta mère ?

Perrine : Non.

Géraldine : Pourquoi t'as dit que c'était ta mère alors ?

Perrine : J'ai pas dit ça.

Géraldine : Si t'as dit ça.

Sabine : Si t'as dit ça.

Perrine : Toi ta gueule !

Stéphane : Eh ben, les bonnes sœurs, c'est plus ce que c'était !

Mère Monique : Qu'est-ce que vous foutez encore là, vous ? Vous avez pas d'autres colis à livrer ?

Stéphane : Nan.

Mère Monique : Eh ben allez les livrer quand même ! *(Levant les yeux au ciel)*

Stéphane : Bon ben j'y vais.

Mère Monique : C'est ça.

Stéphane : Au revoir ma Mère. Au revoir mesdames.

Perrine *(s'approchant de Stéphane)* : Au revoir Stéphane. *(Encore plus près, sur le ton de la confidence)* Et n'oubliez pas notre marché !

Stéphane : Je ne dirai rien, promis.

Perrine : Dans ce cas, nous non plus.

Stéphane sort.

Mère Monique : Dire quoi ?

Perrine : Rien, c'est sans importance.

Mère Monique : Que puis-je pour vous ?

Perrine : Nous sommes des sœurs itinérantes.

Mère Monique : Pardon ? Des sœurs itinérantes, vous dites ? Jamais entendu parler de ça.

Perrine : C'est nouveau.

Sabine : Ça vient de sortir.

Géraldine : Ah oui, on peut même dire qu'on est là en avant-première !

Perrine : Nous parcourons le pays, sur le modèle du compagnonnage, pour témoigner de notre foi et approfondir notre vocation à chacune de nos étapes.

Géraldine : Waouh ! Dis comme ça, ça donne envie, hein ?

Perrine : Et Dieu, dans sa grande générosité, nous a guidées jusqu'à vous.

Mère Monique *(levant les yeux au ciel)* : Mais de quoi je me mêle ? Qu'est-ce que je t'ai fait ? Hein ? Qu'est-ce que je t'ai fait ?

Sabine : J'ai peut-être une idée…

Mère Monique : Qu'est-ce que vous voulez dire ?

Sabine : Vous vous êtes regardée ? Vous êtes habillée comme un sac. Il a peut-être du goût, l'autre là-haut !

Mère Monique : Bon alors toi, je te préviens, j'ai les articulations des phalanges qui me titillent depuis ce matin. Et c'est pas parce que je suis la Mère Supérieure que ça va m'empêcher de t'en décoller une !

Sabine *(à Perrine et Géraldine)* : Je l'aime bien, finalement. *(À Mère Monique)* Je vous aime bien !

Baptiste *(off)* : Maman !

Mère Monique : Oh non !

Baptiste *(off)* : Maman !

Perrine : Qui c'est ?

Mère Monique : C'est Baptiste, notre homme à tout faire… enfin, il ne fait pas grand-chose, en fait. C'est plutôt… comment dire ? La mascotte de notre congrégation.

Baptiste *(off)* : Maman !

Mère Monique : Je vais voir ce qu'il veut. Vous, vous ne bougez pas de là. Il va quand même falloir que vous m'expliquiez un peu ce que vous faites ici. Je reviens.

Mère Monique sort.

Scène 4

Perrine : Pas commode la Mère Supérieure !

Sabine : Elle me rappelle la mienne.

Géraldine : T'as connu une Mère Supérieure ?

Sabine : Non, je parlais de ma mère. La vraie. Mon père… c'était un vrai con hein, alcoolique, violent, macho, bref la totale quoi, hé ben, il appelait ma mère Le Dragon ! Et on pouvait pas lui donner tort sur ce coup-là !

Géraldine commence à faire le tour de la pièce.

Perrine : C'est beau l'amour.

Sabine : Tu crois pas si bien dire. Ils sont toujours ensemble.

Perrine : Ah bon ?

Sabine : Ouais. Enterrés l'un à côté de l'autre.

Perrine : Géraldine, qu'est-ce que tu fais ?

Géraldine : Je regarde. Je trouve ça joli.

Sabine : Tu parles, ce sont des bondieuseries sans valeur. Aucun intérêt.

Géraldine : Hé, on est quand même dans un lieu sacré ici ! Moi je trouve que pour une bonne sœur, t'es pas très croyante !

Perrine : Géraldine ?

Géraldine : Quoi ?

Perrine : Je te rappelle qu'on n'est pas des vraies bonnes sœurs !

Géraldine : Ah oui, c'est vrai.

Sabine : Justement à ce propos, je reste convaincue que c'est pas une bonne idée de se planquer ici.

Perrine : Il n'y a pas mieux je te dis. Jamais les flics s'imagineront qu'on est parmi des religieuses.

Sabine : Et le fermier, s'il nous balançait ?

Perrine : Le fermier ne dira rien. Si jamais il nous balance, on le balance aussi et sa plantation d'herbes avec. Crois-moi, s'il y a quelqu'un qui a autant que nous envie de rester tranquille et de se faire oublier, c'est bien lui. Et je lui ai bien fait comprendre que sa tranquillité dépendait directement de la nôtre.

Sabine : Si tu le dis.

Perrine : C'est même une sacrée veine qu'on soit tombées sur sa ferme et lui en nous enfuyant.

Sabine : Moi je ne la sens pas.

Géraldine : Et moi je l'avais dit, après l'accident, qu'il ne fallait pas partir.

Perrine : Et qu'est-ce que tu voulais faire ?

Géraldine : Attendre les secours. Après tout, nous on y est pour rien, nous, si le chauffeur s'est endormi au volant.

Sabine : On a sacrément morflé quand même !

Perrine : Pas autant que notre garde-chiourme !

Sabine : Tu crois qu'il est mort ?

Perrine : Mais non. Juste sonné. J'ai vérifié quand je lui ai piqué les clefs !

Géraldine découvre le coffre-fort.

Géraldine : Oh un coffre !

Sabine : Hein ?

Perrine : Un coffre, ici ?

Géraldine : Ouais.

Perrine : Qu'est-ce que ça fout là, un coffre-fort, dans une église ?

Sabine : T'avais raison Perrine, on a une sacrée veine ! Tu sais quoi ? Je crois que je commence à croire en Dieu, moi !

Géraldine : Qu'est-ce qu'on fait ?

Perrine : C'est toujours bien d'avoir quelques fonds pour se faire oublier au soleil. À la première occasion, on l'ouvre, on se sert et on se barre. OK ?

Sabine et Géraldine : OK !

Perrine : En attendant on fait profil bas. On est des bonnes sœurs et on se comporte en bonne sœur. C'est compris Sabine ?

Sabine : Cinq sur cinq. Je vais faire un effort.

Perrine : Sûre ?

Sabine : Je vous le promets ma Sœur !

Perrine *(à Géraldine)* : Et toi, t'as compris ?

Géraldine : Amen !

Perrine : Très bien !

Géraldine : Mais…

Perrine : Rien du tout ! Pas un mot !

Géraldine approuve d'un signe de tête.

Perrine : Bien. Allons voir où est la Mère Supérieure.

Les trois femmes sortent.

NOIR

Scène 05

Mère Monique *(off)* : Je vous en prie, entrez !

Entrée des inspecteurs Henri et Lagalette.

Mère Monique *(en entrant)* : Messieurs, je vous présente… Ah ben non. Elles sont parties.

Inspecteur Henri : Qui ça ?

Mère Monique : De nouvelles sœurs… Je me demande où elles sont passées.

Inspecteur Henri : Elles sont certainement allées prier.

Mère Monique : Ça, ça m'étonnerait. Ça n'a pas l'air d'être leur genre. Bon, bref, je vous en prie asseyez-vous !

Inspecteur Henri : Non, merci madame.

Inspecteur Lagalette : Non, merci madame.

Mère Monique : Ma Mère.

Inspecteur Henri : Plaît-il ?

Mère Monique : Mais c'est pas vrai, ça ! Il y en a pas un qui est au courant de comment je m'appelle ? Je suis la Mère Supérieure de cette communauté. Et quand on s'adresse à moi, il faut dire ma Mère.

Inspecteur Henri : Pardonnez-moi ma Mère. Je ne suis pas au fait des subtilités grammaticales concernant les us et coutumes en matière de religion.

Inspecteur Lagalette : Qu'est-ce que vous parlez bien Chef !

Inspecteur Henri : Je ne suis plus ton chef, Lagalette. Je ne sais pas comment ni pourquoi, mais tu es passé inspecteur, je te rappelle.

Inspecteur Lagalette : Stagiaire, Chef, stagiaire.

Inspecteur Henri : Ouais, bref…

Mère Monique : Et en quoi ça me concerne la promotion de votre stagiaire ?

Inspecteur Henri : Je me présente, Inspecteur Henri.

Inspecteur Lagalette : Inspecteur Lagalette.

Inspecteur Henri : Oui. Mon jeune collègue et moi-même sommes à la recherche de trois dangereuses fugitives qui se sont malencontreusement échappées lors d'un transfert.

Mère Monique : Trois vous avez dit ?

Inspecteur Henri : Oui, pourquoi ? Vous les avez vues ?

Mère Monique : Non… non, non pas du tout.

Inspecteur Henri : Tant mieux.

Mère Monique : Et vous pensiez que je pouvais peut-être les héberger ici, c'est ça ?

Inspecteur Henri : En aucune façon, ma Mère, en aucune façon. N'est-ce pas Lagalette ?

Inspecteur Lagalette : Ben si.

Inspecteur Henri : Non !

Inspecteur Lagalette : Ah bon ?

Inspecteur Henri : Ben non.

Inspecteur Lagalette : Ah ben non alors…

Mère Monique : Qu'est-ce que vous faites là alors ?

Inspecteur Lagalette : Je suis l'inspecteur Henri. Là où il va, je vais aussi.

Inspecteur Henri : Oui, c'est bien Lagalette, c'est bien. Il est de notre devoir de prévenir toutes les personnes de la région. Vous n'avez rien remarqué de suspect ?

Mère Monique : À part votre stagiaire, vous voulez dire ? Non.

Inspecteur Lagalette : Moi ? Qu'est-ce que j'ai fait ?

Inspecteur Henri : Rien Lagalette. Vous ne faites jamais rien. Et vous le faites très bien.

Inspecteur Lagalette : Je suis vos conseils Chef. Ne pas faire de vagues pour éviter les ennuis. Et quand les ennuis sont là, arrange-toi pour être là-bas.

Inspecteur Henri : C'est bien Lagalette, c'est bien !

Mère Monique : Je vois que vous êtes de bons conseils.

Inspecteur Lagalette : Oh oui alors ! Le chef, c'est le meilleur chef de toute la région.

Inspecteur Henri : Vous me gênez Lagalette, vous me gênez.

Mère Monique : Ben dites donc, ça donne une bonne idée du niveau général tout ça.

Inspecteur Henri : Je suis à quelques semaines d'une retraite, somme toute bien méritée, je dois dire. C'est pas le moment de chercher les ennuis.

Mère Monique : Vous avez raison. Un accident, c'est si vite arrivé.

Inspecteur Henri : N'est-ce pas ?

Mère Monique : Et c'est donc ce jeune fleuron de la police nationale qui va être amené à vous succéder, je suppose ?

Inspecteur Henri : Oui.

Inspecteur Lagalette : Avec tout ce que m'apprend le chef, je serai prêt le moment voulu. Vous pouvez me croire, les voyous auront du fil à mordre.

Inspecteur Henri : À retordre.

Inspecteur Lagalette : Hein ?

Inspecteur Henri : On dit du fil à retordre.

Inspecteur Lagalette : Vous êtes sûr ?

Inspecteur Henri : Tout à fait sûr.

Mère Monique : Je confirme.

Inspecteur Lagalette : Vous voyez ? Qu'est-ce que je disais ? Le chef, c'est le meilleur !

Mère Monique : Je vois ça, je vois ça.

Inspecteur Lagalette : Bon ben Chef, qu'est-ce qu'on fait maintenant ?

Inspecteur Henri : Comment ça qu'est-ce qu'on fait ?

Inspecteur Lagalette : Vu qu'on est venus ici pour informer et qu'on a informé. On peut peut-être aller informer ailleurs, non ?

Mère Monique : En voilà une bonne idée ! Vous, vous n'êtes pas le stagiaire de votre chef pour rien ! On sent déjà toute l'influence bénéfique qu'il a sur vous.

Inspecteur Lagalette : C'est vrai ?

Mère Monique : Oh oui.

Inspecteur Lagalette : Merci madame ma Mère. Vous avez entendu ça, Chef !

Inspecteur Henri : Oui Lagalette, je ne suis pas sourd.

Mère Monique : Alors, je ne vous retiens pas plus longtemps.

Inspecteur Henri : Attendez. Puisqu'on en est à partager de l'expérience, Lagalette…

Inspecteur Lagalette : Oui, Chef ?

Inspecteur Henri : Sachez qu'il est primordial, en tant qu'homme de terrain, de bien le connaître, ledit terrain !

Inspecteur Lagalette *(joignant l'acte à la parole)* : Oui Chef. Je vais noter ça.

Inspecteur Henri : Or nous sommes ici dans la meilleure fabrique de fromages de brebis de France.

Inspecteur Lagalette : Ah bon ?

Mère Monique : Vous me flattez inspecteur.

Inspecteur Henri : Pourrions-nous profiter, mon collègue et moi-même, de notre venue et de votre hospitalité pour visiter votre fromagerie et peut-être goûter un de vos merveilleux fromages ?

Mère Monique : Bien sûr.

Inspecteur Lagalette *(notant)* : …mon collègue et moi-mê……

Mère Monique : Malheureusement, j'ai beaucoup à faire aussi me pardonnerez-vous de ne pouvoir vous faire la visite personnellement. Je vais vous confier à Baptiste qui, j'en suis sûre, s'entendra très bien avec monsieur votre stagiaire.

Inspecteur Henri : Je vous en remercie.

Mère Monique : Je l'appelle. Baptiste ! Baptiste !

Inspecteur Lagalette *(notant)* :… Et de votre hospitalité pour visi…

Mère Monique : Il va arriver… Baptiste !

Baptiste arrive.

Baptiste : Oui maman ?

Mère Monique : Baptiste, peux-tu conduire ces messieurs à la bergerie puis à la fromagerie et leur montrer les différentes étapes de production du fromage ?

Baptiste : Je ne sais pas.

Mère Monique : Qu'est-ce que tu ne sais pas Baptiste ?

Baptiste : Si je peux faire tout ce que t'as dit.

Mère Monique : Et pourquoi ?

Baptiste : Parce que j'ai rien compris. Enfin… si, les amener à la bergerie, ça je sais, j'ai compris mais après, c'est plus compliqué.

Mère Monique : Oui, c'est vrai, excuse-moi, ça fait beaucoup d'informations. *(À l'inspecteur Henri)* Inspecteur ? Une fois à la bergerie, et une fois là-bas, vous demanderez Sœur Simone ou Sœur Myrtille. Elles se feront un plaisir de tout vous expliquer.

Inspecteur Henri : Bien Ma Mère.

Inspecteur Lagalette *(notant)* : … Merveilleux fromages ! Voilà ! C'est noté.

Inspecteur Henri : Peut-on laisser nos affaires ici pour être plus à l'aise pendant la visite ?

Mère Monique : Bien sûr, je vous en prie. Ici ça ne craint rien.

Inspecteur Henri : Merci infiniment.

Les deux inspecteurs ôtent leurs vestes et leurs holsters qu'ils posent sur des chaises.

Mère Monique : Pardonnez-moi de vous presser, mais j'ai quelque chose de très important à voir avec la femme de ménage. Le personnel, vous savez ce que c'est !

Inspecteur Henri : Je vous en prie.

Mère Monique : Je vous salue messieurs !

Inspecteur Henri : Au revoir ma Mère !

Inspecteur Lagalette : Au revoir madame… ma Mère

Baptiste : À tout à l'heure maman !

Inspecteur Lagalette : Maman ? C'est votre mère ?

Baptiste : Ben oui ! Sinon je l'appellerais pas maman !

Inspecteur Lagalette : Ah ben oui !

Baptiste : Ben oui ! On y va, vous me suivez ?

Baptiste sort.

Inspecteur Lagalette *(à l'Inspecteur Henri)* : Chef ?

Inspecteur Henri : Oui Lagalette ?

Inspecteur Lagalette : Ça peut avoir un fils, une Mère ?

Ils sortent.

Mère Monique : Il manquait plus que ça ! Et moi qui croyais que j'allais passer une journée tranquille ! Bon, prévenir Kimberley qu'elle doit rester bien cachée.

Mère Monique sort.

NOIR

Scène 06

Retour de Perrine, Sabine et Géraldine qui mange un sandwich..

Perrine : Nous revoilà à notre point de départ.

Sabine : Où est-ce qu'elle est passé la vieille ?

Géraldine : Il n'y a personne !

Perrine : J'espère qu'elle n'est pas partie chercher les flics.

Sabine : Bon, perdons pas de temps, je m'occupe du coffre.

Sabine colle son oreille à la porte du coffre et cherche la combinaison.

Géraldine : C'est un vrai labyrinthe ici ! Moi, je suis complètement paumée !

Perrine : Ouais, mais toi, en même temps, t'arrivais à te perdre dans ta cellule.

Géraldine : C'est pas de ma faute, je n'ai pas le sens de l'orientation.

Perrine : Par contre, tu as le sens de l'appétit !

Géraldine : Oui. Une chance qu'on ait trouvé la cuisine. T'en veux un bout ?

Perrine : Ah quand même ! J'ai cru que tu ne proposerais jamais.

Géraldine : Tiens.

Perrine : Merci.

Géraldine : C'est bon, hein ?

Sabine : Hé ! Vous pouvez vous la fermer, ouais ? Il y en a qui bossent ici !

Géraldine : C'est bon, t'énerve pas ! On fait rien de mal.

Perrine : On mange.

Sabine : Eh ben mangez en silence !

Perrine : Bon, rendons-nous utiles. *(Montrant les vestes des inspecteurs sur les chaises)* Faisons les poches, là !

Géraldine : Sérieusement ?

Perrine : Il n'y a pas de petits bénéfices !

Géraldine : Oh, il y a un truc tout dur, c'est quoi ?

Perrine : Merde ! Un flingue !

Sabine : Quoi ?

Géraldine : Moi aussi.

Sabine : Qu'est-ce que c'est que ces conneries ?

Perrine : Et une plaque de flic !

Géraldine : Moi aussi.

Sabine : Putain, les flics sont déjà là !

Géraldine : Qu'est-ce qu'on fait ?

Sabine : On prend les flingues ?

Perrine : En tout cas on ne les laisse pas là !

Sabine : Et les flics ?

Perrine : Faut qu'on sache où ils sont exactement et ce qu'ils font là.

Sabine : Et pour le coffre ?

Perrine : Lui, il ne bougera pas. On reviendra s'en occuper plus tard. On y va !

Sabine : OK

Perrine et Sabine sortent.

Géraldine *(en sortant)* : On peut passer par la cuisine ? Vu que t'as pris la moitié de mon sandwich…

NOIR

Scène 07

Arrivée de la Mère Monique.

Mère Monique : Bon Kimberley, c'est fait. J'ai juste à lui apporter un peu d'eau. Mais avant, je vais m'occuper des trois fugitives ! Comment je vais faire ? Si j'en parle aux inspecteurs, ça risque d'être rapidement plein de policiers ici et il ne faut pas qu'ils trouvent Kimberley ! *(Levant les yeux au ciel)* Pourquoi aujourd'hui, hein ? Baptiste ! Baptiste ! Quelle journée ! Baptiste !

Arrivée de Baptiste, essoufflé.

Baptiste : Oui maman ?

Mère Monique : Baptiste il faut que tu…

Baptiste : Heu pardon, oui ma mère.

Mère Monique : Hein ?

Baptiste : T'as vu, j'y ai pensé, cette fois.

Mère Monique : Oui mais là c'est pas le moment, on s'en fout, tu peux m'appeler comme tu veux.

Baptiste : Ah bon ?

Mère Monique : Écoute-moi, Baptiste, écoute-moi bien !

Baptiste : Oui maman, mère… heu, ma maman-mère… ma mère-maman…

Mère Monique : Tu m'écoutes, oui ?

Baptiste : Je ne sais pas.

Mère Monique : Va chercher les poulets dans la bergerie.

Baptiste : Hein ?

Mère Monique : Les poulets ! Tu vas à la bergerie et tu leur dis de venir ici vite fait !

Baptiste : Les poulets ?

Mère Monique : Oui.

Baptiste : J'ai rien compris.

Mère Monique : C'est pourtant pas compliqué !

Baptiste : Ben si ! Parce que…il n'y a pas de poulets dans la bergerie. Il n'y a que des brebis.

Mère Monique : Les flics, Baptiste ! On appelle ça aussi des poulets !

Baptiste : Ah bon ?

Mère Monique : Allez, dépêche-toi !

Baptiste : Mais elles sont où leurs plumes ?

Mère Monique : Quoi ?

Baptiste : Leurs plumes ? Les poulets, ça a des plumes ! Elles sont où ?

Mère Monique : Au même endroit où je vais te coller mon pied si tu continues à faire le mariolle. Allez ouste !

Baptiste sort.

Mère Monique : Bon en attendant, je vais aller chercher une bouteille d'eau et l'apporter à Kimberley.

Elle sort.

NOIR

Scène 08

La scène est vide un court instant. Entrée de Perrine, méfiante.

Perrine : Il n'y a personne.

Sabine : Pas un seul flic à l'horizon.

Perrine : Où est-ce qu'ils sont passés ?

Géraldine *(un nouveau sandwich à la main)* : En tout cas ils étaient pas dans la cuisine !

Perrine : Bon, une chose est sûre, on ne peut pas rester là. Sabine, occupe-toi du coffre. Moi je vais faire le guet.

Sabine : OK, j'y vais.

Géraldine : Et moi ?

Perrine : Quoi toi ?

Géraldine : Ben qu'est-ce que je fais ?

Perrine : Toi, tu te tais et… tu manges !

Arrivée de Sœur Myrtille et Sœur Simone.

Sœur Simone : Ma Mère… *(Avisant les trois femmes qui essaient de faire bonne contenance)* Oh pardon !

Sœur Myrtille : Bonjour mesdames.

Perrine : Bonjour.

Sabine : Bonjour.

Géraldine : Bonjour.

Sœur Simone : Bonjour. La Mère Supérieure n'est pas là ?

Perrine : Non.

Sœur Myrtille : Où est-ce qu'elle est passée ?

Perrine : On aimerait bien le savoir, nous aussi.

Sœur Simone : Vous voyez, Sœur Myrtille, je vous l'avais dit ! Elle se cache !

Perrine : Pourquoi est-ce qu'elle se cache ?

Géraldine : Ben, à cause de nous !

Sabine : Tais-toi !

Sœur Simone : Elle a peur !

Perrine : De qui ?

Géraldine : Ben de nous !

Sabine : La ferme !

Sœur Simone : Non de moi !

Sœur Myrtille : Et de moi.

Sœur Simone : Oui, enfin moins de vous quand même !

Perrine : Qu'est-ce que vous lui avez fait ?

Sœur Simone : Rien jusqu'à maintenant mais ça pourrait bien changer !

Sœur Myrtille : Je dois avouer que là, elle commence à pousser le bouchon un peu loin !

Perrine : Ah bon ?

Sœur Simone : Non contente de nous exploiter jusqu'à l'os avec ses brebis et ses fromages, voilà t'y pas qu'on doit faire les guides touristiques maintenant !

Sœur Myrtille : Elle nous a envoyé deux messieurs pour leur faire une visite commentée.

Perrine : Des messieurs ?

Sœur Myrtille : Oui. Deux. Très charmants et très polis !

Sœur Simone : Oui mais ce n'est pas la question ! On en a ras la patate de cette attitude de patron voyou et exploiteur ! Le capitalisme ne passera pas par nous !

Géraldine : Qu'est-ce qu'elle raconte ?

Perrine : Elle n'est pas contente !

Géraldine : Pourq…

Arrivée de Mère Monique.

Sœur Simone : Ah vous voilà !

Mère Monique : Qu'est-ce que vous faites là, vous ?

Sœur Myrtille : On vous attendait.

Mère Monique : Vous avez fini la visite de la fromagerie avec nos invités ?

Sœur Simone : Justement, c'est à ce propos qu'on voudrait vous parler.

Mère Monique : C'est pas le moment !

Sœur Simone : Ah ça, quand il s'agit de négocier avec les ouvriers, pour le patronat, c'est jamais le moment !

Mère Monique : Mais vous voyez bien que je suis occupée avec ces trois personnes.

Perrine : Oui, si on pouvait conclure notre affaire le plus rapidement possible pour qu'on puisse partir, ce serait bien !

Mère Monique *(aux deux sœurs)* : Vous voyez ! *(Réalisant)* Notre affaire ? Quelle affaire ?

Sœur Simone : De quelle affaire elle parle ? J'espère que c'est pas encore un truc qui va encore nous donner du travail !

Perrine : Non, au contraire ! Nous, on serait plutôt du genre à prendre plutôt qu'à donner… si vous voyez ce que je veux dire.

Mère Monique : Non !

Géraldine *(pouffant)* : Moi j'ai compris ! C'est drôle ! *(À Sabine)* T'as compris, toi ?

Sabine : La ferme !

Sœur Simone : Pourquoi vous ne l'avez pas dit plus tôt ? N'est-ce pas sœur Myrtille ?

Sœur Myrtille : Oui, c'est un soulagement !

Perrine : C'est exactement ça ! On est là pour vous soulager !

Sœur Myrtille : Merci, c'est gentil.

Mère Monique : Qu'est-ce que vous voulez ?

Perrine : Le code !

Mère Monique : Le code ?

Sœur Simone : Quel code ?

Perrine : Du coffre.

Sœur Simone : Le code du coffre ?

Sœur Myrtille : Pourquoi elles veulent le code du coffre ?

Entrée de Kimberley.

Kimberley : Sorry déranger vous but…

Mère Monique : Qu'est-ce que vous faites là, vous ? Je vous avais dit de ne pas sortir !

Perrine : Qui c'est ça ?

Sœur Simone : La femme de ménage.

Sœur Myrtille : Elle est enceinte.

Géraldine : Félicitations !

Kimberley : Thank you !

Géraldine : Ah tiens, elle n'est pas française ! C'est quoi comme langue ?

Sœur Myrtille : C'est une Américaine.

Perrine : Ah mince ! Je suis nulle en anglais moi. Heu…hello !

Kimberley : Hi !

Perrine : Comprends pas !

Sabine : Moi ce que je comprends c'est qu'on perd du temps, là ! Et que les deux invités de la vieille risquent de revenir d'un moment à l'autre.

Mère Monique : Qui c'est que vous appelez la vieille ?

Sabine : Bon, j'en ai marre ! *(Sortant le revolver pris dans la veste d'un des deux inspecteurs)* Les mains en l'air, tout le monde !

Toutes s'exécutent en poussant un cri de surprise.

Kimberley *(terrorisée)* : Please, don't shoot ! Don't shoot ! Heu… pas tirer, pas tirer ! Je soupplie toi, pas tirer !

Sabine : Elle va se calmer, Jane Birkin !

Kimberley *(terrorisée)* : Please, I've got two kids à la maison, please !

Perrine : Et bientôt trois, visiblement…

Kimberley : No Quatre ! Two inside !…

Sœur Myrtille : Des jumeaux ! Félicitations !

Kimberley : Oh thank you !

Sabine : On vous dérange pas ?

Kimberley : Sorry. Je dire rien but ne tue pas moi !

Géraldine : Faut pas la garder ici.

Perrine : Elle a raison… Imagine qu'elle perde les eaux là…

Kimberley : Moi perdre quoi ?

Perrine : Les eaux ! Si vous accouchez ici, quoi !

Sœur Myrtille : Oh mon Dieu !

Sœur Simone : Ah ben vous voyez, quand vous voulez…

Perrine : Bon, on en fait quoi ?

Kimberley : Don't worry ! Moi retenir, moi retenir !

Sabine : OK, mais si on la laisse sortir, les flics vont la récupérer dehors.

Kimberley : Les flics ?

Sœur Myrtille : La police !

Kimberley : Oh no, pas police !

Sœur Myrtille : Ne vous inquiétez pas, ils sont très gentils.

Sœur Simone : Tu parles ! C'est pas toi qu'as goûté à leurs matraques alors que tu participais à un défilé pourtant complètement pacifiste !

Kimberley : Heu… no flics ! Pas bon flics avec Kimberley !

Sœur Simone : C'est bon pour personne, croyez-moi.

Sabine : Ben quoi ? T'as peur des flics ?

Kimberley : Pas flics, pas flics ! Kimberley pas papiers. Pas vouloir repartir dans mon pays. Là-bas pas beau, pas bon, pas Trump !

Sabine *(à Perrine et Géraldine)* : Qu'est-ce qu'on fait ?

Perrine : La laisser sortir, c'est la renvoyer aux États-Unis !

Sœur Simone : Vous ne pouvez pas faire ça, c'est Trump quand même !

Géraldine : Ouais, pas question de la laisser sortir dans ces conditions !

Sœur Myrtille : Ouais, je suis de cet avis.

Perrine : Bon… Elle retourne dans sa chambre, on trouvera peut-être une solution plus tard.

Sabine : Je vois pas laquelle, mais bon… *(désignant Sœur Myrtille)* Vous là, accompagnez là dans sa chambre puis revenez. Sans prévenir personne, compris ?

Sœur Myrtille : Compris.

Sabine : Sinon, je bute votre copine.

Sœur Simone : Quoi ? Ça va pas la tête ?

Sœur Myrtille : Ne vous inquiétez pas sœur Simone ! Je reviens de suite. *(Elle prend Kimberley par la main et l'entraîne vers l'extérieur)* : Venez !

Kimberley *(rassurée)* : Oh Thank you very much. Heu… Merci, merci…

Sortie de Sœur Myrtille et Kimberley.

Sabine : Bon ça c'est réglé.

Perrine : Oui, on va pouvoir revenir à nos moutons. *(À Mère Monique)* Le code !

Mère Monique : Écoutez, ce coffre contient la recette de notre fromagerie, c'est notre seul revenu et…

Perrine : Le code !

Mère Monique : On peut peut-être s'arranger…

Sabine : Je vais buter votre sœur, là, si vous ne me donnez pas ce code !

Sœur Simone : C'est quoi cette manie de vouloir me buter toutes les minutes ? Qu'est-ce que je vous ai fait ?

Retour de sœur Myrtille.

Sœur Myrtille : Voilà, Kimberley est dans sa chambre.

Sœur Simone : Tenez, vous ne voulez pas plutôt buter Sœur Myrtille, pour changer un peu ?

Sœur Myrtille : Quoi ?

Sœur Simone : En plus elle croit pas en Dieu ! Et une bonne sœur qui croit pas en Dieu, ça ne sert à rien ! Donc autant buter celle qui sert à rien !

Sœur Myrtille : Non, c'est pas vrai, je suis jeune, je peux encore servir ! Adressez-vous plutôt à la Mère Supérieure !

Mère Monique : Ça va pas la tête !

Sœur Myrtille : Après-tout, c'est elle la responsable ici, elle doit montrer l'exemple.

Sœur Simone : Ouais, vous avez raison Sœur Myrtille ! *(À Sabine)* Si vous devez buter quelqu'un ici, c'est la Mère Supérieure ! Sans compter qu'elle est vieille et qu'en plus elle exploite tout le monde ! Camarade, je vous en supplie, libérez-nous de l'oppresseur ! Butez la Mère Supérieure !

Mère Monique : Alors vous je vous retiens ! C'est bon, je vais vous donner le code.

Scène 09

Entrée de Kimberley.

Kimberley : Sorry déranger vous but…

Sabine : Quoi encore ?

Kimberley : Please ! Toi pas tirer !

Géraldine : Ne vous inquiétez pas. Elle aboie fort, mais elle n'est pas méchante.

Sabine : Tu veux que je te montre si je ne suis pas méchante ?

Sœur Myrtille : Qu'est-ce que vous voulez Kimberley ?

Kimberley : Moi juste demander vous, moi quoi faire toute seule ?

Sœur Myrtille : Ben je sais pas !

Géraldine : Qu'est-ce que ça fait une femme enceinte chez elle ?

Mère Monique : Ça fait chier son mari en voulant bouffer des fraises en plein hiver ou des conneries dans le genre !

Sabine : Eh ben voilà ! Allez bouffer !

Kimberley : Moi bouffer quoi ?

Sabine : Ce que vous voulez, je m'en fous !

Mère Monique : Elle ne va quand même pas me vider le frigo non plus ! Déjà que vous voulez me vider le coffre, vous pourriez peut-être me laisser quelque chose, non !

Sœur Simone : Ah parce qu'en plus d'être une exploiteuse, vous êtes aussi une affameuse ! C'est de pire en pire.

Mère Monique : Bon ben allez-y, servez-vous, prenez ce que vous voulez !

Kimberley : Oh thank you very much.

Mère Monique : Et dites, si vous avez un peu de temps, est-ce que vous pouvez passer le chiffon sur mes carreaux ?

Kimberley : Yes mother !

Kimberley sort.

Sœur Simone : Vous perdez pas le nord, vous, hein ?

Mère Monique : Être Mère Supérieure, c'est avoir la tête sur les épaules !

Sabine : Ben moi je ne suis pas Mère Supérieure mais moi aussi j'ai la tête sur les épaules. Et j'ai pas oublié… Avant d'être interrompue par l'Américaine, vous alliez nous dire quelque chose à propos du coffre…

Mère Monique : C'est la date de naissance du Christ.

Sabine : De quoi ?

Mère Monique : Ben le code ! Vous vouliez le code non ?

Perrine : Oui.

Mère Monique : Eh ben voilà : 25.12.00. La date de naissance de notre seigneur. Amen.

Sœur Simone : Amen.

Sœur Myrtille : Amen.

Sabine : C'est ça, j'aurais pas dit mieux. Amène… le pognon !

Retour de Kimberley.

Kimberley : Quelqu'un veut sandwich ?

Sœur Myrtille : Non merci !

Géraldine : Non, moi c'est bon, j'ai déjà mangé.

Sœur Simone : Moi j'dis pas non !

Sabine : Vous croyez que c'est le moment ? Vous pouvez pas nous laisser tranquilles, vous !

Kimberley : Sorry ! Je voulais demander vous quoi faire de moi after ?

Sabine : Ben rien. On va prendre l'oseille et se barrer. Et vous, vous retournerez chez votre mari.

Kimberley : I'm alone. Heu… je souis seule.

Géraldine : Vous n'avez pas de mari ?

Kimberley : What ?

Perrine : Vos bébés, là, vous ne les avez pas faits toute seule, vous avez bien un mari ou un copain, non ?

Kimberley : Ah yes… heu no ! Il a foui.

Sœur Simone : Ben oui, lui aussi il a fui Trump, avec vous !

Kimberley : No ! Il a foui moi… sans moi !

Sabine : Ah merde !

Sœur Simone : C'est bien un mec ça ! Tous des lâches !

Sœur Myrtille : Je me demande si ça manque pas un peu ici quand même ?

Géraldine : De quoi ?

Sœur Myrtille : Une présence masculine.

Perrine : Vous avez Baptiste !

Sœur Myrtille : Oui, non pardon, vous avez raison. Ça ne manque pas ! Je ne sais pas ce qui m'a pris de dire ça !

Perrine : Et donc votre mari est retourné aux États-Unis ?

Kimberley : Yes !

Sœur Simone : Le salaud !

Kimberley : Oui, comme vous dire. Il est retourné en Amérique avec not'e fille !

Perrine : Et l'autre ?

Kimberley : Quel autre ? Moi just one boyfriend !

Perrine : Non, mais vous nous avez dit que vous aviez déjà deux enfants.

Kimberley : Oh non ! Deux enfants, yes, but un j'ai gardé à moi et l'autre heu… j'ai vendou !

Sœur Simone : Quoi ?

Mère Monique : Oh misère ! Ça s'arrêtera jamais !

Perrine : J'ai vraiment du mal avec l'anglais, moi. Qu'est-ce qu'elle raconte ?

Géraldine : Je sais pas, j'ai pas très bien compris. Elle a vendu un enfant ?

Sœur Myrtille : Dans quel monde on vit !

Sabine : Un monde de merde !

Mère Monique : Alors ? Maintenant, qui c'est le monstre ? Hein ?

Sœur Simone : Vous, on vous a rien demandé ! Exploiteuse !

Mère Monique : Ah ben c'est trop fort ! Alors moi qui donne du travail à une sans-papiers, je suis une exploiteuse, mais elle qui vend son propre enfant, c'est normal ?

Sœur Simone : Pour en arriver à vendre son propre enfant faut vraiment être dans une misère noire ! Et vous, vous en profitez, alors oui, vous êtes une foutue exploiteuse !

Mère Monique : Allez aider les gens après ça !

Sabine : Ta gueule !

Mère Monique : Bon, je me tais !

Sabine : C'est ça !

Mère Monique : Mais j'en pense pas moins.

Sœur Myrtille : Ma pauvre petite, quelle histoire ! Vous avez été obligée de vendre votre enfant ?

Kimberley : Heu en reality, pas vendou exactly but heu… I made a baby for un coupeule qui peut pas avoir enfant ! Moi, just pregnant… heu…enceinte, pour eux !

Géraldine : Quoi ?

Perrine : C'est une mère porteuse, c'est ça ?

Kimberley : Yes ! Mère porteuse !

Géraldine : Ah ben alors ça ! Je ne savais même pas que c'était possible en France !

Perrine : Non, c'est pas possible… en théorie…

Sabine : C'est illégal, quoi !

Kimberley : No, pas légal ! C'est pour ça pas dire flics pour moi !

Sœur Simone : Sans papiers, mère porteuse ! Vous êtes comme les hommes politiques, vous, vous cumulez !

Sabine : Elle commence à me plaire, l'Américaine !

Sœur Myrtille : Je crois que, moi aussi, ça me dérangerait pas d'être mère porteuse si on me le demandait !

Mère Monique : Vous, vous divaguez de plus en plus. Je commence à me demander s'il ne faudrait pas envisager l'exorcisme !

Perrine : Mais alors… *(montrant le ventre de Kimberley)* Et là, c'est aussi… ?

Kimberley : Yes mère porteuse too !

Sœur Myrtille : Et ça rapporte bien, ça, mère porteuse ?

Kimberley : Heu, yes, c'est pas mal !

Sœur Simone : Sœur Myrtille !

Sœur Myrtille : Quoi Sœur Myrtille ? Je me renseigne, c'est tout !

Mère Monique : Ouais, ben vu votre tronche, vous renseigner c'est bien tout ce que vous pouvez faire ! Parce que croyez-moi, jamais on ne vous l'aurait demandé, à vous !

Sœur Myrtille : Me demander quoi ?

Sœur Simone : Attendez, j'ai peur de comprendre… C'est vous qui l'avez payée pour porter votre enfant ?

Géraldine : Ça peut avoir des enfants des Mères Supérieures ?

Perrine : Normalement, non.

Sabine : La salope !

Sœur Simone : Ça c'est envoyé !

Mère Monique : Je ne vous permets pas !

Sœur Simone : On n'a pas besoin de votre permission ! On se permet si on veut !

Mère Monique : Vous êtes qui, vous, pour me juger ? Hein ? D'abord, ces enfants, c'est pas pour moi !

Perrine : Ah non, c'est pour offrir ? *(À Kimberley)* Dites-moi, Kimberley, vous fournissez aussi le papier cadeau ou faut compter un supplément ?

Kimberley : What ?

Mère Monique : C'est pour ma sœur.

Sabine : Laquelle ? Il y en a plein ici.

Mère Monique : Je parle de ma vraie sœur ! Josie qu'elle s'appelle. Avec son mari Yvan, ils n'ont jamais pu avoir d'enfants. Et puis un jour, ils ont vu un reportage à la télé sur des Américaines qui louaient leur corps pour porter l'enfant de couples comme eux. C'est courant là-bas, il paraît.

Sœur Simone : Voilà où ça mène, les dérives du capitalisme !

Mère Monique : Dérive ou pas, Josie a fait appel à une agence là-bas. Et…

Sabine : Ah parce qu'il y a carrément des agences ?

Kimberley : Yes, The Extraordinary Conception Agency.

Sœur Simone : Business is business comme ils disent !

Kimberley : Yes.

Sœur Simone : Regardez-moi ça ! Et elle est contente en plus !

Mère Monique : Cessez de juger Sœur Simone ! Si ces personnes n'étaient pas là, Dieu seul sait dans quelle détresse seraient des couples comme Josie et son mari.

Sœur Simone : Mais c'est pas ça qui m'énerve ! Ça, je peux le comprendre. Non, ce qui me met en colère, c'est toute la comédie que vous nous avez jouée tout à l'heure sur les mères porteuses !

Kimberley : Je souis désolée madame ! Moi pas vouloir dire pour vous.

Mère Monique : Je sais Kimberley, ce n'est pas de votre faute, je ne vous en veux pas. Allez vous reposer maintenant.

Kimberley : OK !

Kimberley sort.

Perrine : Bon, si on en revenait à nos affaires ?

Mère Monique : De quoi on parlait déjà ?

Sabine : Du coffre.

Perrine *(à la Mère Supérieure)* : Vous disiez… 25 décembre, c'est ça ?

Mère Monique : Oui.

Perrine : Sabine, tu t'en occupes, s'il te plaît ?

Sabine : Avec plaisir, ma Sœur !

Sabine se dirige vers le coffre-fort et entreprend de l'ouvrir.

Géraldine : Joyeux Noël !

Perrine : Quoi ?

Géraldine : Ben Joyeux Noël… à cause du code ! Et pis, comme on sait pas ce qu'il y a dedans, c'est un peu comme si on déballait un cadeau. C'est pour ça…

Sabine : Et voilà ! *(Avisant le contenu)* Eh ben il y en a des sacs là-dedans !

Perrine : Qu'est-ce que c'est que tout ça ?

Mère Monique : Les économies de la communauté.

Sœur Myrtille : Ça fait beaucoup, non ?

Sœur Simone : Dites donc, c'est pas vous qui disiez qu'on n'était pas assez riches pour se payer quelques employés ?

Sœur Myrtille : Quand je pense qu'on bouffe que de la soupe tous les soirs !

Géraldine : Ça gagne tant que ça de faire du fromage ?

Mère Monique : J'ai un peu oublié de payer les impôts l'année dernière.

Perrine : Seulement l'année dernière ?

Mère Monique : Oui, bon, j'ai jamais payé les impôts.

Sœur Simone : Comment ça jamais ? Ça fait bien 30 ans que vous gérez la fromagerie.

Mère Monique : Tant que ça ? Le temps passe vite, dites donc !

Perrine : Bon, fini de parler, on prend les sacs et on fout le camp.

Sœur Myrtille : Attendez, vous n'allez quand même pas tout prendre.

Sœur Simone : Ouais, ça serait gentil de nous laisser nos salaires du mois.

Mère Monique : Oui mais c'est surtout que…

Perrine : Que ?

Mère Monique : Je ne vous ai pas tout dit…

Scène 10

Inspecteur Lagalette *(off)* : Vous aviez raison, Chef, ce fromage c'est une tuerie !

Perrine : Merde !

Entrée de l'inspecteur Lagalette qui tient deux sacs plastique plein à bout de bras.

Inspecteur Lagalette : Oh pardon !

Inspecteur Henri *(en entrant)* : Qu'est-ce qui se passe ?

Inspecteur Lagalette : Je crois qu'on dérange.

Perrine : Mais non, mais non, entrez je vous en prie !

Sabine : Plus on est de fous…

Inspecteur Henri : Mais c'est mon flingue !

Sabine : Oui et si vous ne voulez pas voir vos balles de trop près vous feriez mieux de lever les mains en l'air.

L'inspecteur Henri obtempère. L'inspecteur Lagalette ne bouge pas.

Sabine : Vous aussi !

Inspecteur Lagalette : Je ne peux pas, je porte les fromages !

Sabine : Ben, posez-les !

Inspecteur Lagalette : Vous n'allez pas me les voler ?

Sabine : Qu'est-ce que vous voulez qu'on en foute de vos fromages ?

Inspecteur Lagalette : Je ne sais pas. Mais au prix où je les ai payés, ça m'embêterait que vous me les voliez.

Inspecteur Henri : Faites ce qu'elle vous dit Lagalette.

Inspecteur Lagalette : Bien Chef !

Perrine : C'est donc vous les policiers !

Inspecteur Henri : Oui. Et vous, vous êtes les trois évadées que tout le monde recherche, n'est-ce pas ?

Perrine : Ça se pourrait bien !

Géraldine : Bravo, vous nous avez trouvées ! Vous êtes fort !

Inspecteur Lagalette : Oui ! Je l'ai toujours dit, le chef c'est le meilleur !

Inspecteur Henri : Taisez-vous Lagalette !

Sabine : Au fait, merci pour les flingues.

Inspecteur Henri : Pas de quoi !

Scène 11

Entrée de Kimberley.

Kimberley : Je fouis ! Je fouis ! Je fouis !

Mère Monique : Il ne manquait plus qu'elle !

Inspecteur Henri : Qui c'est ça ?

Mère Monique : La femme de ménage !

Inspecteur Lagalette : Bonjour mademoiselle.

Kimberley : Je fouis !

Sabine : Qu'est-ce qui se passe encore ?

Kimberley : Je fouis ! Je fouis !

Inspecteur Henri : C'est quoi cet accent ? Je comprends rien ! Elle vient d'où ?

Mère Monique : Elle est américaine ! Mais elle est en règle ! Elle a tous ses papiers ! Il n'y a aucun problème !

Kimberley : Oh my God, je fouis !

Inspecteur Henri : Vous fuyez ?

Kimberley : Yes, je fouis !

Inspecteur Henri : Vous fuyez qui ?

Kimberley : Moi ! Je fouis moi ! *(Elle lève son tablier de ménage et on la découvre trempée !)*

Sabine : Merde !

Perrine : Il manquait plus que ça !

Inspecteur Lagalette : Qu'est-ce qui se passe ?

Sœur Myrtille : Elle va accoucher !

Inspecteur Henri : Quand ?

Sabine : Ben là…

Perrine : Maintenant…

Sœur Simone : Ou tout de suite, si vous préférez.

Inspecteur Henri : Faut l'emmener à l'hôpital !

Kimberley *(en panique)* : Oh yes, please !

Mère Monique : Kimberley ? Ce monsieur est policier.

Kimberley *(faussement décontractée)* : No ! Heu… Moi retenir ! No problem !

Inspecteur Henri : Vous ne voulez pas que je vous amène à l'hôpital ?

Kimberley : No ! I'm good ! Moi retenir !

Inspecteur Henri : Mon collègue alors, si vous préférez ?

Inspecteur Lagalette : Qui ça ? Moi ?

Kimberley *(en panique)* : Oh yes ! OK !

Mère Monique : Il est policier aussi !

Kimberley *(faussement décontractée)* : No, thanks.

Inspecteur Lagalette : Tant mieux parce que j'ai plus de permis.

Inspecteur Henri : Comment ça, vous n'avez plus de permis, Lagalette ?

Inspecteur Lagalette : On me l'a retiré ce week-end, Chef. 80 kilomètres à l'heure, Chef, vous avouerez quand même que…

Inspecteur Henri : Oui c'est bon, c'est bon. On en reparlera. *(À Kimberley)* Et vous, vous êtes sûre de ne pas vouloir aller à l'hôpital ?

Kimberley *(faussement décontractée)* : Yes, I'm sure !

Inspecteur Henri : Bon alors… Si vous pouvez vous retenir…

Kimberley *(criant)* : Oh ! Oh ! Oh !

Sœur Myrtille : Qu'est-ce qui se passe ?

Géraldine : Pourquoi elle imite le Père-Noël ?

Kimberley *(criant)* : Moi pas retenir ! Moi pas retenir !

Inspecteur Henri : Bon, je vais chercher un médecin !

Sabine *(le mettant en joue)* : Vous, vous ne bougez pas de là !

Inspecteur Henri : Mais elle ne va pas accoucher là quand même !

Kimberley *(criant)* : Yes ! Moi toujours rêver accoucher dans église !

Inspecteur Henri : Ah bon ?

Mère Monique : C'est pas une église, c'est un couvent.

Kimberley : Oh, it's good, it's very good… too.

Inspecteur Lagalette : C'est quand même bizarre comme envie.

Géraldine : C'est les Américains, cherchez pas ! Ils sont pas comme nous !

Kimberley *(criant)* : Oh ! Oh ! Oh !

Sœur Myrtille : Faut l'aider !

Géraldine : Faut faire quelque chose !

Sœur Simone : Tenez, allongez-la là, sur la table !

Les femmes aident Kimberley à s'allonger sur la table.

Inspecteur Lagalette : Qu'est-ce qu'on fait Chef ?

Inspecteur Henri : On se fait petit, tout petit et on se fait oublier.

Les deux inspecteurs se mettent un peu à l'écart.

Sœur Myrtille *(à Kimberley)* : Ça va ?

Kimberley *(criant)* : Oh !

Sabine : Qu'est-ce qu'on fait maintenant ?

Kimberley *(criant)* : Oh !

Perrine : Aucune idée !

Kimberley *(criant)* : Oh !

Inspecteur Lagalette : Alors ?

Inspecteur Henri : Alors quoi ?

Kimberley *(criant)* : Oh !

Inspecteur Lagalette : Vous êtes le meilleur ! Vous avez forcément déjà une idée, un plan ? Qu'est-ce que vous allez faire ?

Inspecteur Henri : Rien Lagalette, rien ! Vous avez qu'à y aller, vous, si ça vous dit de jouer les héros !

Inspecteur Lagalette : C'est vrai, je peux ?

Inspecteur Henri : Si ça vous amuse de vous faire tuer ! Mais ne venez pas vous plaindre après !

Kimberley *(criant)* : Oh !

Sabine : Elle me stresse l'amerloque à crier comme ça !

Kimberley *(criant)* : Oh !

Mère Monique : Elle peut pas accoucher toute seule, faut que quelqu'un l'aide !

Kimberley *(criant)* : Oh !

Sœur Simone : Eh ben puisque vous vous proposez si gentiment, vous avez qu'à y aller ! Après tout, c'est votre famille là-dedans !

Kimberley *(criant)* : Oh !

Sabine : Bon, qui se dévoue ?

Kimberley *(criant)* : Oh !

Géraldine : Ah ben non, pas vous, ça compte pas !

Sabine : Alors ?

Silence gêné de tout le groupe.

Inspecteur Lagalette *(criant)* : Stop !

Sabine : Quoi ?

Inspecteur Henri : Lagalette, qu'est-ce qui vous prend ?

Inspecteur Lagalette : Je vous arrête !

Inspecteur Henri : N'importe quoi !

Mère Monique : Qu'est-ce qui lui arrive à votre stagiaire ?

Inspecteur Henri : Ne faites pas attention.

Sœur Myrtille : Il est tout rouge, non ?

Sœur Simone : C'est un signe de bonne santé !

Géraldine : Il va quand même pas accoucher là, lui non plus !

Perrine : Qu'est-ce que vous voulez ?

Inspecteur Lagalette *(beaucoup moins assuré)* : Je… je vous arrête.

Inspecteur Henri : Mon Dieu qu'il est con !

Sabine : Qu'est-ce qu'il raconte ?

Perrine : Il nous arrête.

Sabine : Il nous arrête comment ? Et avec quoi ?

Perrine : Je ne sais pas. *(À l'inspecteur Lagalette)* Ben répondez !

Inspecteur Lagalette : Je ne sais pas…

Sœur Simone : J'ai rien compris !

Sabine : Hein ?

Sœur Simone : Pardon, c'est l'habitude !

Sabine : Et vous Superman, c'est bon ? La crise est finie ?

Inspecteur Lagalette : Oui. Je… je m'excuse mesdames. Mais en tant que policier, je me devais de faire quelque chose, vous comprenez !

Inspecteur Henri : Faut pas lui en vouloir ! Vous savez ce que c'est… la fougue de la jeunesse !

Perrine : C'est bon, n'en parlons plus.

Inspecteur Henri : Merci. Allez Lagalette, revenez vous faire oublier par ici.

Kimberley *(criant)* : Oh !

Sabine : Ah oui, c'est vrai, je l'avais presque oubliée, celle-là !

Perrine : Dites donc, j'y pense, vous n'avez pas une bonne sœur qui accouche vos brebis ?

Géraldine : Ouais, bonne idée !

Sœur Myrtille : Si, il y a Sœur Isoline mais elle n'est pas là en ce moment, elle est en pèlerinage à Jérusalem !

Inspecteur Henri : Bon, si c'est comme ça, je vais chercher un doct..

Sabine : Stop ! Puisque c'est toi qu'a parlé en dernier, Columbo, c'est toi qui t'y colles !

Inspecteur Henri : Quoi ?

Sabine : Tout le monde est d'accord ?

Tous sauf Kimberley et l'Inspecteur Henri : Ouais !

Inspecteur Lagalette : Ouais !

Inspecteur Henri : Lagalette !

Inspecteur Lagalette : Je suis sûr que vous allez y arriver, Chef.

Géraldine : Kimberley ? Vous êtes d'accord ?

Kimberley *(criant)* : Oh !

Sœur Myrtille : Elle est d'accord !

Inspecteur Henri : Mais pas moi ! Je suis flic, moi, pas sage-femme !

Mère Monique : Allons inspecteur, je suis sûre que dans votre carrière vous avez assisté à l'accouchement de beaucoup d'aveux !

Inspecteur Henri : Des aveux, oui ! Des bébés non !

Perrine : Eh ben ça sera une première.

Inspecteur Henri : Vous n'êtes pas sérieuse ?

Kimberley *(criant)* : Oh !

Sabine : Si ! Dépêchez-vous !

Inspecteur Henri : Mais j'ai peur du sang !

Géraldine : Il ne va pas l'accoucher comme ça ? Il lui faut des gants et un masque !

Inspecteur Henri : Oui, vous avez raison ! Elle a raison ! Je ne peux rien faire ! Il n'y a pas de gants ni de masque ici !

Mère Monique : Je vais voir si je peux vous trouver ça.

Sabine *(menaçante)* : Personne ne sort !

Kimberley *(criant)* : Oh !

Sœur Myrtille : Il faut faire quelque chose, vite ! Soufflez ! Soufflez !

Géraldine et l'inspecteur Lagalette se mettent à souffler.

Perrine : Mais non pas vous ! Elle !

Inspecteur Lagalette : Ah pardon !

Géraldine : Je me disais aussi…

Sœur Simone *(retirant les gants de ménage des mains de Kimberley)* : Et si on prenait les gants Mapa ?

Inspecteur Henri : Hein ?

Mère Monique : Oui bonne idée !

Sœur Simone : Enfilez ça !

Géraldine : Et pour le masque ?

Sœur Myrtille : Un bout de tissu, ça devrait faire l'affaire !

Perrine *(remontant sa jupe)* : J'ai une idée !

Sabine : Qu'est-ce que tu fais ?

Perrine *(retirant son string et le tendant à l'inspecteur Henri)* : Tenez !

Inspecteur Henri : Un string ?

Inspecteur Lagalette : Vous avez une grosse tête, Chef ! Il n'y a pas assez de tissu !

Mère Monique : Bon j'ai compris. À la guerre comme à la guerre ! Fermez les yeux ! *(Elle retire sa culotte)* Tenez !

Inspecteur Henri : Je vais pas mettre ça !

Mère Monique : Rassurez-vous, elle est propre d'hier matin !

Kimberley *(criant)* : Oh ! Baby come ! Baby come !

Inspecteur Henri : Mais quel métier de merde !

Inspecteur Lagalette : Qu'est-ce que vous êtes beau Chef !

Inspecteur Henri : Alors vous Lagalette, je vous jure que si on s'en sort, je vous fais bouffer votre képi !

Inspecteur Lagalette : Mon képi ? Quel ké…

Kimberley *(criant)* : Oh !

Inspecteur Henri : C'est bon, j'arrive ! Par quoi on commence ?

Sœur Myrtille : Faut qu'elle pousse.

Inspecteur Henri : Ah oui ! Poussez ! Poussez !

Kimberley tousse.

Inspecteur Henri : Non j'ai dit « poussez » ! Pas « toussez » !

Kimberley : Oh sorry ! *(Criant)* Argh !

Inspecteur Henri : Oh mon Dieu, il arrive, il arrive ! Qu'est-ce que je fais ? Qu'est-ce que je fais ?

Inspecteur Lagalette : Quel képi ? J'ai pas de képi !

Mère Monique : Attrapez-le !

L'inspecteur Henri attrape l'inspecteur Lagalette par le cou.

Sœur Simone : Mais non pas lui, le bébé !

Inspecteur Henri : Hein ?

Sœur Myrtille : Attrapez le bébé !

Inspecteur Henri : Ah oui le bébé !

Kimberley *(criant)* : Argh !

Inspecteur Henri : Je le tiens ! Je le tiens !

Kimberley *(criant)* : Argh !

Inspecteur Henri : Je l'ai ! C'est un garçon ! Ah merde, il est attaché !

Mère Monique : Faut couper le cordon !

Inspecteur Henri : Avec quoi ?

Géraldine : Vous n'avez pas de ciseaux ?

Inspecteur Henri : Ben non ! Qu'est-ce que vous voulez que je foute avec des ciseaux ?

Géraldine : Ah ben oui !

Mère Monique : J'ai un coupe-papier ! Tenez !

Inspecteur Henri : Hein ?

Sœur Simone : Allez-y coupez !

Inspecteur Henri : Avec ça ?

Sabine : On vous dit de couper alors coupez, bordel !

Inspecteur Henri : Ça ne coupe pas !

Perrine : Oh la boucherie !

Sœur myrtille : Appuyez plus fort !

Géraldine : Et moi qui croyais que les hommes étaient doués pour le bricolage !

Inspecteur Henri *(exhibant le bébé qu'il tient par la cheville, comme un trophée)* : J'ai réussi ! J'ai réussi !

Inspecteur Lagalette : Bravo Chef !

Kimberley *(criant)* : Oh !

Inspecteur Henri : Quoi encore ?

Mère Monique : C'est pas fini.

Inspecteur Henri : Comment ça, c'est pas fini ?

Sœur Simone : Non, c'est pas fini !

Sœur Myrtille : Il y en a un autre.

Inspecteur Henri : Vous rigolez ?

Mère Monique : Ce sont des jumeaux !

Inspecteur Henri : Oh merde ! C'est bien ma veine. Et j'en fais quoi de celui-là ?

Mère Monique : Donnez-le-moi !

Inspecteur Henri *(en envoyant le bébé à Mère Monique)* : Tenez !

Mère Monique se saisit du bébé.
Elle enlève quelques sacs du coffre resté ouvert et elle y place le bébé.

Kimberley *(criant)* : Oh !

Inspecteur Henri : C'est bon, j'arrive !

Kimberley *(criant)* : Oh !

Inspecteur Henri : Oh la chochotte quand même ! Arrêtez de crier et poussez ! *(Se replaçant pour le second accouchement)* et c'est reparti ! Poussez !

Kimberley *(criant)* : Argh !

Inspecteur Henri : J'ai pas dit « criez », j'ai dit « poussez » !

Kimberley *(criant)* : Argh !

Inspecteur Henri : Je l'ai ! Ah, cette fois c'est une fille !

Sœur Myrtille : Le choix du roi comme on dit !

Inspecteur Henri : Et toujours attachée ! Vous avez peur qu'on vous les vole ou quoi ? Coupe-papier !

Sœur Simone : Coupe-papier !

Inspecteur Henri : Merci. Et c'est reparti !

Perrine : C'est mieux cette fois on dirait, non ?

Inspecteur Henri : Oui, je commence à prendre le coup !

Géraldine : Dommage qu'il n'y en ait pas un troisième !

Inspecteur Henri : Et voilà ! Et hop là ! *(Il envoie le bébé à la personne la plus proche)*.

Une chaîne humaine se crée où chacun se passe le bébé, comme on se passe un ballon de rugby, jusqu'à la Mère Monique qui met le second bébé dans le coffre.

Inspecteur Henri : C'est bon cette fois ? Il n'y a plus rien là-dedans ?

Kimberley : No, c'est vide maintenant !

Inspecteur Henri : Eh ben tant mieux parce que je ne ferai pas ça tous les jours !

Inspecteur Lagalette : Je vous l'avais dit, le chef, c'est le meilleur !

Mère Monique : Heu… Si vous n'en avez plus besoin, je peux récupérer ma culotte ?

Inspecteur Henri : Ah oui, bien sûr ! Tenez.

Mère Monique *(prenant sa culotte)* : Merci. C'est qu'à mon âge, on s'enrhume facilement vous savez !

Inspecteur Henri : Non, je préfère pas savoir. Heu…je suis désolé, il y a du sang, je l'ai un peu taché.

Sœur Simone : Pas grave, ça lui rappellera sa jeunesse !

Mère Monique : Fermez les yeux.

Tous s'exécutent.

Mère Monique *(au public)* : Vous aussi ! Qu'est-ce qu'il faut pas faire, je te jure ! *(Après avoir remis sa culotte)* C'est bon vous pouvez les ouvrir.

Kimberley se relève.

Sabine : Vous allez où comme ça ?

Kimberley : Moi besoin shower… heu, douche !

Sabine : OK, c'est bon, allez-y !

Kimberley : Thank you ! *(A l'inspecteur Henri)* And Thank you heu… Merci, merci beaucoup monsieur. Police française is good, very good !

Inspecteur Henri : À votre service, madame !

Kimberley sort.

Géraldine : Je suis émue !

Perrine : Moi aussi !

Sœur Simone : Pareil !

Sœur Myrtille : C'est quand même beau une naissance, hein ?

Toutes les femmes : Oh oui !

Perrine : Bon, excusez-moi de paraître un peu terre à terre mais maintenant que la parenthèse obstétrique est terminée, on pourrait peut-être revenir à l'essentiel ?

Inspecteur Lagalette *(avisant les sacs)* : C'est quoi tous ces sacs ?

Inspecteur Henri : Voyons Lagalette, ça ne nous regarde pas !

Perrine : L'essentiel justement ! Allez les filles, on embarque le magot !

Mère Monique : Vous ne pouvez pas tout prendre !

Perrine : On va se gêner.

Inspecteur Lagalette : Prendre quoi ?

Inspecteur Henri : On ne veut pas le savoir.

Géraldine : L'argent.

Inspecteur Lagalette : De l'argent ! Chef, c'est de l'argent, c'est plein d'argent !

Inspecteur Henri *(se cachant les yeux)* : Non, je ne vois rien !

Inspecteur Lagalette : Mais Chef…

Inspecteur Henri *(se bouchant les oreilles)* : Je n'entends rien !

Perrine : Bon, on ne va pas s'éterniser.

Mère Monique : Vous ne l'emporterez pas au Paradis !

Perrine : Amen ! Allez les filles, on dégage.

Sœur Simone : Eh ben voilà ! Vous voyez, sœur Myrtille, on travaille comme des esclaves, on se fait exploiter et au final les trois premières grognasses qui passent nous piquent notre pognon.

Sabine : C'est nous que vous traitez de grognasse ?

Sœur Simone : À votre avis ?

Perrine : Laisse tomber. On y va.

Géraldine : On va où ?

Perrine : Je ne sais pas. On verra bien.

Sabine : On ne va pas partir comme ça ? Il doit y avoir plein de flics partout. Faut qu'on ait un plan.

Géraldine : C'est vrai qu'avec un plan, ça serait mieux.

Perrine : Oui mais là, je n'ai pas d'idée et on est prises par le temps. Allez, on bouge.

Sœur Myrtille : Vos amies ont raison, vous ne pouvez pas partir comme ça. Il vous faut un plan !

Sœur Simone : De quoi je me mêle ?

Mère Supérieure : Alors, vous, à la première occasion, je vous fais excommunier !

Sabine : Elle va se taire Tatie Danielle ! Et vous là, on vous écoute.

Sœur Myrtille : Moi je ne sais pas mais ces messieurs ont peut-être une idée ?

Inspecteur Henri : Mais c'est pas vrai, vous ne voudriez pas me foutre la paix ? Moi, je ne demande rien à personne et j'aimerais que ce soit réciproque.

Sœur Myrtille : Eh ben, elle est belle la police, faut pas trop vous en demander !

Inspecteur Henri : Excusez-moi mais j'ai quand même accouché une mère porteuse américaine ! J'estime que j'en ai déjà fait beaucoup.

Sœur Myrtille : Et vous ?

Inspecteur Lagalette : Moi ?

Sœur Myrtille : Oui.

Inspecteur Lagalette : Pourquoi moi ?

Sœur Myrtille : Ben vous êtes flic aussi, non ?

Inspecteur Lagalette : Si.

Sœur Myrtille : Donc en tant que flic vous devez savoir comment faire pour les éviter.

Inspecteur Lagalette : Qui ça ?

Sabine : Vos collègues, Ducon !

Inspecteur Lagalette : Chef, vous avez entendu ? Elle m'a traité de con.

Inspecteur Henri : Vous l'êtes Lagalette, vous l'êtes !

Baptiste *(off)* : Maman !

Sœur Simone : Ah ben tiens, à propos de con…

Entrée de Baptiste.

Baptiste : Maman !

Sœur Simone : Vous allez voir Sœur Myrtille, je sens qu'on va bien se marrer.

Sœur Myrtille : Oui, je crois aussi, Sœur Simone.

Mère Monique : Qu'est-ce que tu veux Baptiste ?

Baptiste : Il pleut !

Mère Monique : Et alors ?

Baptiste : Et il y a plein de poulets dehors.

Perrine : Quoi ?

Baptiste : Oui parce que les policiers, on appelle ça aussi des poulets. Je le sais parce que c'est maman qui me l'a dit !

Sabine : Qu'est-ce qu'il raconte Débilos 1er ?

Mère Monique : Et alors ?

Baptiste : Ben s'il pleut, ils vont être tout mouillés !

Mère Monique : Qu'est-ce que ça peut nous foutre ?

Baptiste : Ben, ça va faire des poules mouillées !

Baptiste rit.

Géraldine : Pourquoi il nous raconte ça, lui ?

Baptiste : Vous n'avez pas compris ? Eh ben, elle n'est pas très intelligente votre copine.

Sabine : Oui, c'est un point que vous avez en commun !

Géraldine : Pourquoi tu dis ça ?

Baptiste : C'était de l'humour. Parce que je suis drôle !

Sabine : Eh Pipo le clown ! C'est quoi cette histoire de flics dehors ?

Retour de Kimberley.

Kimberley : Hello !

Baptiste : Waouh ! Qu'est-ce que vous avez maigri !

Kimberley : What ?

Sœur Simone : Non, rien laissez tomber.

Perrine : Bon et vous, c'est quoi cette histoire de poulets ?

Baptiste : Ben c'est parce que les policiers, maman elle a dit qu'on appelle ça des poulets. Et s'ils sont mouil…

Sabine : C'est pas de ça qu'on te parle Ducon !

Inspecteur Lagalette : Ah tiens, vous aussi ?

Baptiste : Moi aussi quoi ?

Inspecteur Lagalette : Bienvenu au club !

Baptiste : Merci. Quel club ? J'ai rien compris !

Géraldine : Moi non plus.

Kimberley : Moi non plou !

Mère Monique : Vous, on ne vous demande rien. Qu'est-ce que vous voulez encore ?

Kimberley : You know, business is business ! So, moi avoir fait bébés et maintenant moi vouloir argent.

Mère Monique : Voyez avec ces dames, elles prennent tout !

Kimberley : What ?

Sœur Myrtille : C'est vrai que ce n'est pas très charitable de voler l'argent d'une sans-papiers.

Inspecteur Lagalette : Quel papier ?

Sœur Simone : Aucun justement.

Inspecteur Henri : Lagalette, je vous l'ai déjà dit mille fois, mêlez-vous de ce qui vous regarde,

Baptiste : Maman ?

Mère Monique : Baptiste, tais-toi, c'est pas le moment !

Baptiste : Mais je ne comprends rien, moi ! Qu'est-ce qu'il se passe ?

Kimberley : Moi vouloir my money !

Perrine : On en sortira jamais !

Sabine : Donne-lui son fric qu'on en parle plus.

Perrine : OK, combien vous lui devez ?

Mère Monique : C'est ce qu'il y a dans le sac bleu, là. C'était déjà prêt !

Perrine : Tenez.

Kimberley : Thank you.

Perrine : Quoi ?

Sabine : Elle a dit merci.

Perrine : Ah OK ! Ben pas de quoi. Allez, disparaissez maintenant.

Sœur Myrtille : Heu… je ne voudrais pas avoir l'air de me mêler de ce qui ne me regarde pas mais avec tous les flics dehors, si jamais elle se fait arrêter avec un sac plein d'argent et sans papier en plus, ça risque de mal finir pour tout le monde !

Sabine : Elle n'a pas tort.

Perrine : Qu'est-ce qu'on fait alors ?

Mère Monique : Et si je l'accompagnais ?

Perrine : Quoi ?

Mère Monique : Je dois apporter les bébés à ma sœur. Je peux en profiter pour l'accompagner jusqu'à la gare et m'assurer qu'elle prenne bien le train. Et s'il y a des barrages sur la route, personne ne viendra soupçonner une femme et une religieuse avec des bébés.

Sabine : Ça se tient.

Perrine : Pourquoi vous feriez ça ?

Mère Monique : Parce que je ne rêve que d'une chose. C'est que tout ça finisse le plus rapidement possible et que je retrouve un peu de tranquillité.

Inspecteur Henri : Je suis bien d'accord avec vous.

Sabine : Tu crois qu'on peut lui faire confiance ?

Perrine : On n'a pas vraiment le choix. Et puis en cas de problème, on balance tout sur son histoire de fraude fiscale.

Mère Monique : Je ne dirai rien, je vous le promets.

Perrine : OK, c'est bon !

Mère Monique : Bien. Kimberley, retournez dans votre chambre et préparez vos affaires. Je prends les bébés et je vous rejoins.

Kimberley : Yes mother !

Kimberley sort.

Mère Monique : Sœur Myrtille, Sœur Simone ?

Sœur Myrtille : Oui ma Mère ?

Mère Monique : Pouvez-vous préparer les enfants le temps que j'aille chercher leurs couffins ? Il y a des langes dans le coffre.

Sœur Myrtille : Bien ma Mère.

Mère Monique : Je reviens.

Mère Monique sort.
Les deux Sœurs sortent les bébés du coffre et les posent sur la table pour s'en occuper.

Perrine : Bon, on va pouvoir y aller ?

Sœur Simone : Et nous ?

Perrine : Quoi vous ?

Sœur Simone : Ben il n'y a pas de raison qu'il n'y ait que l'Américaine qui récupère le fric que la Mère Supérieure lui devait ! À nous aussi, elle nous doit des sous, la Mère Supérieure ! 3 mois qu'on n'a pas été payées !

Sœur Myrtille : C'est vrai, ça !

Sabine : J'en ai marre, c'est un cauchemar cet endroit !

Sœur Myrtille : À qui le dites-vous !

Géraldine : Qu'est-ce qu'on fait ?

Perrine : Si on vous donne votre part, faut nous promettre que vous ne direz rien a personne.

Sœur Simone : Je le jure devant Dieu !

Perrine : Et vous ?

Sœur Myrtille : Pareil ! Je le jure.

Perrine : Devant Dieu ?

Sœur Myrtille : Si vous voulez !

Baptiste *(avisant les bébés)* : Oh c'est quoi ça ?

Sœur Simone : Des bébés !

Baptiste : Pourquoi il y a des bébés rangés dans l'armoire ?

Géraldine : C'est pas une armoire, c'est un coffre.

Baptiste : Pourquoi il y a des bébés dans le coffre ?

Sabine : Parce que des bébés c'est précieux, c'est pour ça qu'on les met dans un coffre.

Baptiste : Ah ben oui, c'est logique !

Perrine : Voilà ! *(À Sœur Simone)* Bon, ce sac-là, ça vous va ?

Géraldine : À ce rythme-là, il va pas nous rester grand-chose !

Sœur Simone : Sœur Myrtille, qu'est-ce que vous en pensez ?

Sœur Myrtille : Ça me semble honnête.

Perrine : Voilà, tout le monde est servi ? La police, elle ne veut pas un pot-de-vin, tant qu'on y est ?

Inspecteur Henri : Pardon, vous nous parliez ?

Inspecteur Lagalette : Nous ce qu'on veut, c'est arrêter des méchants !

Inspecteur Henri : Non, non, non, ça, c'est ce que vous, vous voulez, Lagalette. Vous êtes gentil, vous me laissez en dehors de vos délires ! Arrêter des méchants ! N'importe quoi !

Baptiste : Vous allez arrêter Stéphane ?

Sœur Myrtille : Non Baptiste ! Personne ne veut arrêter Stéphane.

Inspecteur Lagalette : Stéphane ? Qui c'est ça Stéphane ?

Sœur Simone : C'est rien, c'est un voisin qui tient une ferme un peu plus loin.

Inspecteur Lagalette : Pourquoi veut-il qu'on arrête votre voisin ? C'est un méchant ?

Sœur Myrtille : Ben non !

Baptiste : Ben si !

Sœur Simone : Mais non !

Baptiste : Si, c'est maman qui dit ça, que c'est un méchant parce qu'il cultive de la drogue au milieu de son champ de blé !

Inspecteur Lagalette : Quoi ?

Sœur Simone : Baptiste, tais-toi !

Inspecteur Henri : Oui, écoutez votre sœur et taisez-vous !

Inspecteur Lagalette : Qu'est-ce que c'est que cette histoire ?

Inspecteur Henri : Oh non !

Perrine : Mais il a raison ! Ça y est je l'ai mon plan ! Baptiste, vous êtes génial !

Baptiste : Ah bon ?

Perrine : Écoutez-moi bien ! Vous, inspecteur, vous voulez arrêter un méchant, n'est-ce pas ?

Inspecteur Henri : Non.

Perrine : Pas vous, lui.

Inspecteur Lagalette : Oh oui alors !

Perrine : Alors, vous allez prévenir vos collègues que vous avez besoin de renforts pour arrêter un dangereux trafiquant de drogue. Et pendant que tout ce beau monde sera occupé, nous, nous pourrons partir tranquillement. Je pense qu'il y aura moins de flics sur les routes.

Géraldine : C'est une bonne idée !

Sabine : Ça me paraît bien !

Inspecteur Lagalette : Vous avez entendu, Chef, je vais arrêter un méchant !

Inspecteur Henri : C'est bien Lagalette !

Perrine : Pourquoi vous riez, vous ?

Baptiste : Parce que le monsieur là, il s'appelle Lagalette et il est content parce qu'il a eu la fève !

Sabine : C'est nul !

Géraldine : Moi j'aime bien.

Perrine : Fallait la faire !

Baptiste : Ouais. Et c'est moi qui l'ai faite ! Je vous l'avais dit, j'ai beaucoup d'humour.

Sabine : Oui, ben moi j'en ai de moins en moins. On y va ou quoi ?

Perrine : T'as raison. Allez, tout est bien qui finit bien. Nous on peut se barrer. L'Américaine a son argent. Vous deux, mes sœurs, vous avez vos salaires, Lagalette arrête enfin quelqu'un et vous *(s'adressant à l'inspecteur Henri)* on vous laisse tranquille.

Inspecteur Henri : Merci.

Sœur Myrtille : Oui Merci. *(A Sœur Simone en désignant le sac d'argent))* Au fait, qu'est-ce que j'en fais ? Faudrait peut-être le cacher. Sinon la Mère Supérieure serait capable de nous le reprendre.

Sœur Simone : Oui vous avez raison. On va le planquer dans la bergerie. Elle n'y vient jamais ! Vous pouvez surveiller les bébés ?

Géraldine : Je m'en occupe !

Sœur Simone : Merci beaucoup.

Sœur Myrtille : Oui, merci.

Sœur Simone : On va y aller avant que la Mère Supérieure ne revienne. On vous souhaite bonne chance pour la suite.

Perrine : Merci.

Géraldine : C'est gentil !

Les Sœurs sortent.

Perrine : Bon, cette fois c'est la bonne, on peut s'en aller. C'est fini !

Géraldine : Attends, je surveille les bébés !

Sabine : Ah ouais merde.

Retour de Mère Monique.

Perrine : Ah vous voilà ! Ben elle est où l'Amerloque ?

Mère Monique : Elle arrive. Un dernier détail à régler, si je puis dire.

Entrée de Kimberley. Sa poitrine a triplé de volume (au minimum !).

Inspecteur Lagalette : Waouh !

Géraldine : Qu'est-ce qui vous arrive ?

Inspecteur Henri : C'est quoi ça ?

Kimberley : J'ai monté deux moches !

Inspecteur Henri : Quoi ?

Géraldine : Elle a dit qu'elle a monté deux moches !

Sabine : Deux moches ?

Perrine : Oui, c'est ce que j'ai cru entendre aussi.

Kimberley : Yes !

Inspecteur Lagalette : Qu'est-ce que ça veut dire ?

Géraldine : Je ne sais pas !

Baptiste : J'ai rien compris !

Mère Monique : Mais non pas deux moches, de lait ! Je vous ai dit, montée de lait !

Kimberley : Oh, it's not le même chose ? Laid or moche ?

Mère Monique : Mais non ! Moche, c'est... c'est l'inspecteur là, par exemple !

Inspecteur Henri : Faites attention à ce que vous dites !

Mère Monique : C'est pour l'exemple, j'ai dit, pour qu'elle comprenne ! Et lait, c'est heu… millk in your… *(en désignant la poitrine)* comment on dit ?

Inspecteur Lagalette : Nibards !

Mère Monique : En anglais Ducon ! Comment on dit, en anglais !

Inspecteur Lagalette : Vous n'allez pas vous y mettre vous aussi !

Kimberley : OK ! J'ai compris. J'ai montée de milk !

Mère Monique : C'est ça !

Inspecteur Henri : C'est quand même une sacrée montée, là !

Perrine : Qu'est-ce que vous avez fait encore ?

Mère Monique : Ben, je lui ai donné la somme qui était convenue pour Adam et Eve. Et pour la cacher, en cas de contrôle, je me suis dit que c'était le meilleur moyen !

Géraldine : Adam et Eve ?

Mère Monique : C'est comme ça qu'ils s'appellent !

Géraldine : Je suis déçue !

Sabine : Pourquoi ?

Géraldine : Ben, vu les circonstances de leurs naissances, moi je les aurais appelés Bonnie and Clyde !

Inspecteur Lagalette : Ou Starsky et Hutch !

Sabine : Ça marche pas, c'étaient deux mecs !

Inspecteur Lagalette : Ah oui c'est vrai !

Inspecteur Henri : Des implants mammaires en biftons ! On aura tout vu !

Kimberley *(juste avant de sortir la dernière, elle sort des billets de son corsage et les agite, en guise d'au revoir)* : I think, moi retourner en Amérique. Trump pas bon but plus reposant que la vie en France ! Bye !

Mère Monique : Allons-y, Kimberley

Perrine : Ravie de vous avoir rencontrée !

Mère Monique : Pas moi ! Et j'espère que je ne vous reverrai jamais ! *(Saluant les inspecteurs)* Messieurs !

Inspecteur Henri : Au revoir Ma mère

Inspecteur Lagalette : Au revoir Ma Mère.

Kimberley et Mère Monique sortent.

Géraldine : Hey, j'y pense ! Et si on partait avec elles, déguisées en bonnes sœurs ?

Perrine : Quoi ?

Géraldine : Tout à l'heure ta maman elle a dit que personne ne se méfierait d'une religieuse, donc ils se méfieraient encore moins de 4 religieuses, non ?

Sabine : C'est pas con.

Perrine : On y va !

Sabine *(sortant)* : Hey ! Attendez-nous !

Géraldine *(sortant)* : On pourra passer par la cuisine avant ?

Perrine *(aux inspecteurs)* : Vous, appelez vos collègues et allez arrêter le paysan bio à côté !

Inspecteur Lagalette : À vos ordres !

Perrine : Au revoir messieurs !

Perrine sort.

Inspecteur Lagalette *(enthousiaste)* : Bon, le devoir nous appelle ! On y va Chef ?

Inspecteur Henri : Allez-y Lagalette ! Moi, je dois d'abord rentrer chez moi.

Inspecteur Lagalette : Ah bon ? Pourquoi ?

Inspecteur Henri : Pour ranger les fromages Lagalette ! Vous l'avez peut-être oublié, mais on a acheté du fromage et ça serait dommage de le perdre !

Inspecteur Lagalette : Ah ben oui ! Vous êtes vraiment trop fort, vous pensez à tout Chef !

Inspecteur Henri : Je sais Lagalette, je sais !

Les deux inspecteurs sortent.
Baptiste reste seul en scène.
Il regarde le public en souriant puis…

Baptiste : J'ai rien compris !

NOIR